Discover the adventures of Jo Bonobo, Prisca Orca and their friends!

In 2016, the Jarvin Crew launched a challenge: create a collection of books to teach children to protect the planet while having fun! Supported by several associations and winners of many prizes, our books are trilingual to reach as many children as possible in the world. Happy reading!

Découvrez les aventures de Jo Bonobo, Prisca Orca et leurs amis !

En 2016, le Jarvin Crew s'est lancé un défi : réaliser une collection de livres pour apprendre aux enfants à protéger la planète en s'amusant ! Soutenus par des associations et récompensés par de nombreux prix, nos livres sont trilingues car ils s'adressent aux enfants du monde. Bonne lecture !

¡Descubre las aventuras de Jo Bonobo, Prisca Orca y sus amigos!

En 2016, Jarvin Crew asumió un reto: publicar una colección de libros infantiles para enseñar a los niños a proteger el planeta al mismo tiempo que se divierten. Gracias a la colaboración de diferentes asociaciones, y avalados por varios reconocimientos, nuestros libros son trilingües, porque están dirigidos a los niños del mundo.
¡Feliz lectura!

Meet the Jarvin Crew

Benjamin

Alexia

Vincent

JARVIN CREW

Tristan

Agathe

Loraine

Cyrielle

Join the Crew and discover more surprises on:
Rejoignez l'équipage et découvrez des surprises sur :
Únete al equipo y descubre más sorpresas en:

www.JarvinCrew.com
facebook.com/jarvincrew

Nathalie

PRISCA'S
FAMILY

DADDY
PAPA
PAPÁ
MOMMY
MAMAN
MAMÁ
PRISCA
BIG BROTHER
GRAND FRÈRE
HERMANO MAYOR
PRISCA'S FAMILY
LA FAMILLE DE PRISCA
LA FAMILIA DE PRISCA

WORLD
MAP
ARCTIC
OCEAN
PRISCA
ORCA
2
ROXAN
NORTH
AMERICA
ATLANTIC
OCEAN
AFR
PACIFIC
OCEAN
SOUTH
AMERICA
ATLANTIC
OCEAN

EUROPE
ASIA
PACIFIC OCEAN
JO BONOBO
1
INDIAN OCEAN
OCEANIA
SOUTHERN OCEAN
N
W
S

Today is the big day. Prisca Orca will be participating in the annual obstacle race. It's a very popular game for young female orcas. Only the fastest orca can claim to be the leader of the group one day. It just so happens, Prisca Orca's mommy is the greatest champion of all time.

C'est le grand jour ! Cet après-midi, Prisca Orca participe au tournoi annuel de course d'obstacles ! C'est un jeu très populaire chez les jeunes femelles orques. Seule la plus rapide pourra prétendre un jour être cheffe du groupe. La maman de Prisca Orca est la plus grande championne de tous les temps !

¡Hoy es el gran día! Prisca Orca participa en la carrera anual de obstáculos. Es un juego muy popular entre las jóvenes orcas. Sólo la más rápida podrá liderar el grupo por un día. Además... ¡La mamá de Prisca Orca es la mayor campeona de todos los tiempos!

Prisca Orca is very hungry this morning and she needs all her strength for the competition. She swims over to her favourite ice floe but can't find anything to eat. She meets Robert, the Polar Bear: "There hasn't been anything to eat here for days! The ice is melting really fast. I think you should try to go south-east to find some food", he says.

Prisca Orca a très faim ce matin et doit prendre des forces. Elle s'approche de sa banquise préférée mais ne trouve rien à se mettre sous la dent. Elle croise Robert l'Ours Polaire : «Il n'y a rien à manger ici depuis plusieurs jours, et la banquise fond à vue d'oeil. Je te conseille d'aller vers le sud-est.»

Prisca Orca tiene mucha hambre esta mañana y debe reponer fuerzas. Se acerca a su capa de hielo favorita, pero no hay nada que llevarse a la boca… Allí se encuentra con Robert, el oso polar. “Desde hace días, no hay nada para comer y, además, el hielo se está derritiendo muy rápido. Te aconsejo que vayas hacia el sudeste”, le dice su amigo.

Disappointed and still very hungry, Prisca Orca continues her journey. After swimming for several kilometers towards the south-east, she spots some seagulls hovering over the water. Hurray! There must be some fish nearby! Prisca Orca swims faster.
She has never seen so many bluefin tuna. It's just amazing! Yummy, yum yum, breakfast can begin.

Déçue et affamée, elle continue sa route. Après plusieurs kilomètres de nage, elle aperçoit des mouettes. Hourra ! Il doit y avoir du poisson ! Prisca Orca accélère.
C'est extraordinaire, elle n'a jamais vu autant de thons rouges.
Le petit déjeuner peut commencer.

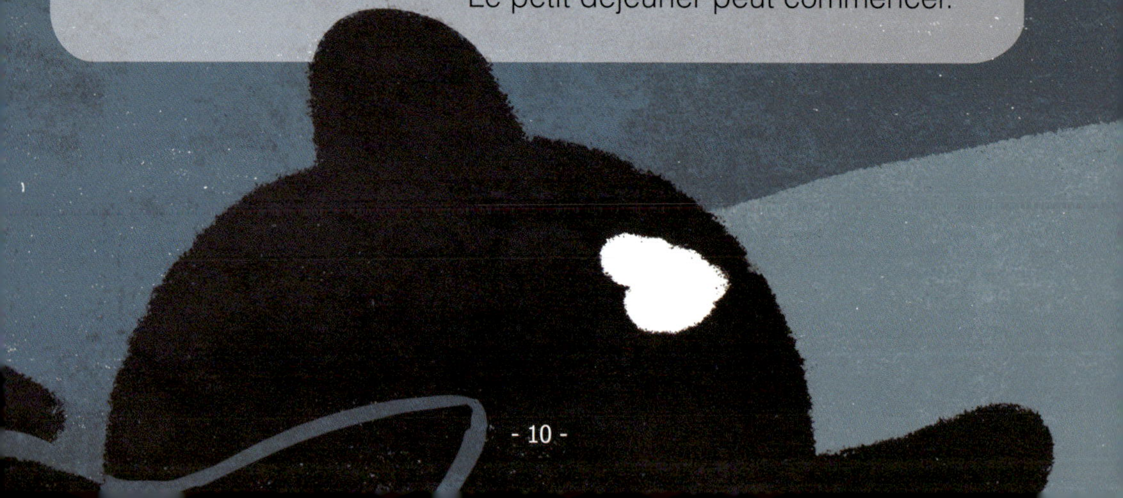

Decepcionada y hambrienta, Prisca Orca continúa su camino. Tras nadar varios kilómetros, divisa gaviotas. “¡Hurra! ¡Tiene que haber peces!” piensa. Prisca Orca acelera. Nunca ha visto tantos atunes rojos. ¡Es extraordinario! Por fin puede comenzar a desayunar.

Suddenly she hears a loud siren from a boat. She freezes. Her daddy's words fill her head: «Do not go anywhere near boats and never go near islands if you see smoke rising from them, Prisca!».

Mais soudain, la sirène d'un bateau retentit. Prisca Orca s'arrête net. Les mots de son papa résonnent dans sa tête : «Ne t'approche pas des bateaux, éloigne-toi des îles d'où se dégage de la fumée ! »

De repente, suena la sirena de un buque. Prisca Orca se detiene en seco. Las palabras de su papá resuenan en su cabeza: "No te acerques a los barcos. Y aléjate de aquellas islas de las que sale humo!"

When he was her age, Prisca's daddy almost got caught in a gillnet. Robert the Polar Bear saved him and since then, he became the family's best friend.
From that day onwards, Prisca's daddy decided never to eat mammals again - and that's not an easy thing for an orca to do!

Quand il avait l'âge de Prisca Orca, son papa a failli être prisonnier d'un filet maillant. Il a été délivré par Robert l'Ours Polaire qui est devenu le meilleur ami de la famille. Depuis ce jour, il ne mange plus de mammifères, ce qui n'est pas toujours facile pour une orque.

El papá de Prisca Orca –con la misma edad que su hija– estuvo a punto de ser capturado por una red. Pero fue liberado por Robert, el oso polar, quien –a partir de entonces– se convirtió en el mejor amigo de la familia. Desde aquel día, el papá de Prisca Orca dejó de comer mamíferos, algo que no siempre es fácil para una orca.

Prisca Orca is now in a complete panic. She is surrounded by many boats. There is even an airplane up in the sky which seems to have been following her for a while...

Prisca Orca est paniquée, elle sort la tête de l'eau et se retrouve encerclée. Il y a plusieurs bateaux et même un avion qui semblent l'avoir suivie depuis longtemps.

Prisca Orca, presa del pánico, asoma la cabeza fuera del agua. Se encuentra rodeada. Hay varios barcos –e, incluso, un avión– que la han seguido durante bastante tiempo.

SEALAND

She struggles with all her strength but she gets stuck in the nets the men threw in the water to catch her. They pull her up and onto the boat.

Elle se débat de toutes ses forces mais ils sont bien équipés. Ils la bloquent dans leurs filets et la remontent sur un de leurs bateaux.

Lucha con todas sus fuerzas, pero los tripulantes de los buques están bien equipados. La atrapan con sus redes y la suben a la embarcación.

SEALAND

Prisca Orca finds herself trapped in a tiny tank on the boat. She can hardly breathe and she can barely move. The boat now sets off to the port.

Prisca Orca se retrouve prisonnière dans un minuscule bassin à bord de ce bateau. Elle ne parvient pas à respirer et peut à peine bouger. Les hommes la ramènent au port.

Prisca Orca se encuentra encerrada dentro de un pequeño estanque, ubicado en el interior del barco. No puede respirar ni moverse. Los humanos la llevan hacia el puerto.

Meanwhile Prisca's daddy has been looking for her.
He knows his daughter's habits very well. He swims over to the ice floe where Robert the Polar Bear lives. Robert tells him "She was heading towards the south-east because I was told there were lots of tuna fish there."

Pendant ce temps, le papa de Prisca Orca est à sa recherche. Il connaît bien les habitudes de sa fille. Il passe voir Robert l'Ours Polaire à la banquise. «Elle est partie vers le sud-est, j'ai entendu dire qu'il y avait un grand banc de thons
par là-bas.»

Mientras tanto, el papá de Prisca Orca la está buscando. Conoce bien las costumbres de su hija. Por ello, en primer lugar, va a visitar al oso Robert a su capa de hielo. “Se fue hacia el sudeste. Escuché que existe un gran banco de atunes por allí.”

Prisca's daddy knows that there are many boats and people living in a village over there. On the horizon, he spots a large boat heading back to one of the islands.
Prisca Orca is taken off the boat at the harbour and thrown into an aquarium hidden from sight.

Le papa de Prisca Orca sait qu'il y a également beaucoup de bateaux et un village d'hommes dans cette direction. A l'horizon, il aperçoit un gros bateau qui repart vers une île.
Prisca Orca est débarquée au port et jetée discrètement dans un bassin fermé à l'abri des regards.

El papá de Prisca Orca sabe que, en aquella dirección, hay muchos barcos y, también, un pueblecito de humanos. En el horizonte, divisa una enorme embarcación que se dirige hacia una isla. Finalmente, el barco llega a un puerto, donde su hija es descargada. Ya en tierra firme, Prisca Orca es mantenida dentro del mismo depósito en el que la apresaron.

Prisca Orca has no clue where she is. All of her senses are mixed up. She's used to swimming in a gigantic ocean but, in this small tank, she keeps bumping her body against the walls. She cries and it sends ultrasounds that bounce off the walls and echo through her head. It makes her go crazy!

Prisca Orca ne sait plus où elle est. Tous ses sens sont déréglés. Elle est habituée à évoluer dans un océan gigantesque mais, dans ce bassin, elle se cogne aux parois au moindre mouvement. Elle crie et envoie des ultrasons qui rebondissent sur les parois et résonnent dans sa tête. Elle est en train de devenir folle.

Prisca Orca no sabe dónde está. Todos sus sentidos se encuentran confundidos y alterados. Está acostumbrada a moverse en un gigantesco océano. Por ello, al menor movimiento, se golpea contra las paredes del depósito en el que se encuentra encerrada. Grita y envía ultrasonidos, que rebotan contra los muros y acaban resonando en su cabeza. Se está volviendo loca...

Prisca's daddy has managed to get close to the port without being seen. He sees where they hid her but cannot get any closer without them spotting him.
He notices a group of angry people who seem to be looking for something. They are holding signs up with a picture of his daughter!

Son papa a réussi à s'approcher du port discrètement et à observer son transfert. Il ne peut pas aller plus loin sans se faire repérer. Il aperçoit un groupe d'hommes en colère qui semblent chercher quelque chose. Ils tiennent des panneaux sur lesquels il reconnaît sa fille !

Su papá ha conseguido acercarse al puerto. Lo ha hecho sin levantar sospecha. Quiere observar el traslado de su hija. Sin embargo, no puede avanzar más sin ser detectado. Logra divisar a un grupo de humanos furiosos, que parecen buscar algo. Pero, en realidad… ¡sujetan carteles con la foto de su hija!

LIBERTAD
LIBERONS LES ORQUES
FREE ORCAS

Prisca's daddy has heard about people who protect marine animals. They must have found out that she had been captured. There is not a minute to lose! He might have a chance at saving her. He decides to jump high up in the air to catch their attention.

Le papa de Prisca Orca a entendu parler d'hommes qui protègent les animaux marins ; ils sont sûrement au courant de la capture de sa fille. Il n'y a pas une minute à perdre, c'est l'occasion de la sauver ! Il fait un saut époustouflant pour attirer leur attention.

El papá de Prisca ha oído hablar de humanos que protegen a los animales marinos. Seguro que están al tanto de la captura de su hija. Por tanto, no hay tiempo que perder. Es la oportunidad de salvarla. Da un salto impresionante y capta la atención de los manifestantes.

Prisca's daddy was right! Those people were indeed working for an organization that protects marine animals. Prisca's daddy shows them the tank and they find Prisca Orca on the brink of exhaustion. They immediately release her back into the ocean.

Bien vu ! Ce sont des hommes d'une association qui protège les animaux marins ! Le papa de Prisca leur indique la cuve et ils découvrent Prisca Orca au bord de l'épuisement. Ils la libèrent immédiatement.

¡Estaba en lo cierto! Los humanos de los carteles son miembros de una asociación que defiende a los animales marinos. El papá de Prisca aprovecha para señalar el depósito en el que se localiza su hija. Allí la encuentran al límite de sus fuerzas. La liberan de inmediato.

Prisca Orca and her daddy thank the people from the marine organization for their precious help.
Prisca Orca was going to be sent to a place far away. She would have been imprisoned and kept away from her family for all of her life.

Prisca Orca et son papa remercient les hommes de l'association pour leur aide précieuse.
Prisca Orca allait être transférée à plusieurs kilomètres de là. Elle aurait été prisonnière et coupée de sa famille à vie.

Prisca Orca y su papá agradecen a los manifestantes su valiosa ayuda. Si no hubiera sido por ellos, Prisca habría sido trasladada a muchos kilómetros de allí. Pero gracias a sus nuevos amigos, ya no estará el resto de su vida ni prisionera ni alejada de su familia.

What a day! Prisca Orca and her daddy go back to see their family. Prisca's mommy is so happy to see her daughter again that she doesn't scold her for having ventured too far away from them. The obstacle race will soon begin and Prisca Orca absolutely wants to take part.

Quelle journée ! Prisca Orca et son papa retournent voir leur tribu. La maman de Prisca est si heureuse de la revoir qu'elle ne la gronde pas pour s'être aventurée si loin. La course d'obstacles va bientôt commencer et Prisca Orca souhaite absolument y participer.

¡Qué día! Al fin, Prisca y su papá regresan con los suyos. La mamá está tan feliz de volver a ver a su hija que no la regaña por alejarse tanto. Además, Prisca Orca llega a tiempo para participar en el campeonato anual de obstáculos. La carrera está a punto de comenzar y Prisca Orca quiere participar.

Despite everything that has happened to her, Prisca Orca concentrates hard and swims very fast. The judges watch her race with amazement from the ice floe and she wins the competition with style.

Malgré tous ces évènements, Prisca Orca ne se laisse pas déconcentrer. Sous les regards ébahis des meilleurs juges de la banquise, elle remporte la course avec brio.

A pesar de todos los acontecimientos vividos durante el día, Prisca Orca no se distrae. Gana la competición con entusiasmo. Y lo hace ante los ojos de los mejores jueces del casquete polar.

All the participants receive a medal from the judge Robert the Polar Bear.
The presentation ceremony for the Arctic Cup takes place in front of the whole tribe of orcas. They jump to congratulate Prisca Orca.

Tous les participants reçoivent une médaille qui leur est donnée par le juge-arbitre Robert l'Ours Polaire en personne.
La cérémonie de remise de la coupe de l'Arctique a lieu devant toute la tribu des orques. Ils sautent pour féliciter Prisca Orca.

Todos los participantes reciben una medalla. La entrega el mismísimo Robert, el oso polar, que es el árbitro de la competición. La concesión de los premios de la Copa del Ártico se desarrolla en presencia de todo el grupo de orcas, que saltan para felicitar a Prisca Orca.

Tournez la page / Gire la página →

THE FATE OF CAPTIVE ORCAS

WHAT IS AN ORCA?

Orcas, or killer whales, are the largest of the dolphins and one of the world's most powerful predators. They feast on marine mammals such as seals, sea lions, and even whales. They also eat fish, squid, and seabirds.

In the wild, they swim 200 km per day and use echolocation to communicate and hunt.

ARE THERE ORCAS IN CAPTIVITY?

Since 1961, at least 156 orcas have been taken into captivity and there are currently a total of 61 orcas held in captivity (28 wild-captured plus 33 captive-born) in at least 14 marine parks in 8 different countries.

HOW IS THE LIFE OF ORCAS IN CAPTIVITY?

In marine parks, orcas are forced to live in small tanks and artificial social groupings. Their death rate is 2.5 times higher, many develop aggression and psychological troubles. Since the early 1970s, there have been over 30 incidents involving captive orcas that caused injury or death of a human. Captive orcas cannot speak our language but if they could choose, it is almost certain that they would prefer to live in the ocean.

For more details, we recommend you watch the Blackfish documentary film released in 2013 about the theme of captive orcas and the death of a trainer in 2010.

LEGISLATION ON DOLPHINARIUMS NUMBER OF MARINE PARKS PER COUNTRY:

Main non-European countries in number of dolphinariums:

Japan - 34

USA - 32

Mexico - 21

China - 9

Countries without dolphinarium:

- Prohibitive legislation
- Restrictive legislation
- No legislation

Countries with dolphinariums:

- No legislation
- Restrictive legislation

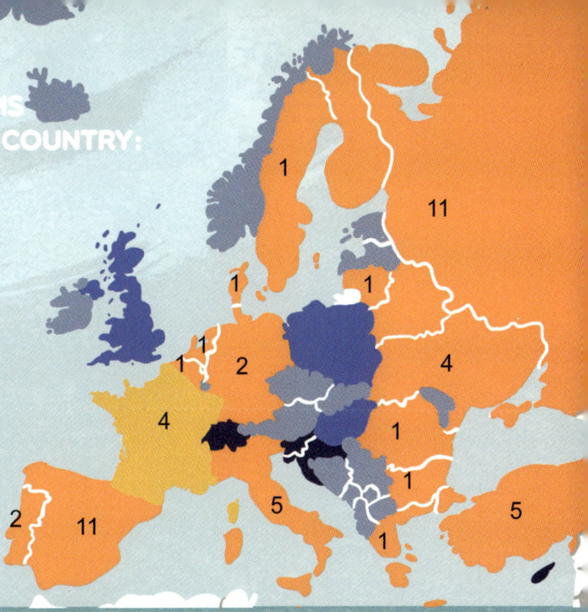

LAST MINUTE:

Thanks to the mobilization of numerous associations including Sea Shepherd, France announced on 3 May 2017 new laws to close dolphinariums. The fight does not end there because the catches continue and marine parks continue to develop all over the world.
17 European countries still hold captive orcas and dolphins and many of them have no legislation in place.

This page was written in partnership with Sea Shepherd, an international non-profit, marine wildlife conservation organization. Sea Shepherd's mission is to end the destruction of habitat and slaughter of wildlife in the world's oceans in order to conserve and protect ecosystems and species.

Gire la página →

LE DESTIN DES ORQUES EN CAPTIVITÉ

QU'EST-CE QU'UNE ORQUE ?

Les orques, ou épaulards, sont les plus grandes des dauphins et comptent parmi les prédateurs les plus puissantes au monde. Elles se nourrissent de mammifères marins tels que les phoques, les lions de mer et même les baleines. Elles mangent aussi du poisson, des calmars et des oiseaux de mer.

Dans la nature, elles nagent 200 km par jour et utilisent l'écholocation pour communiquer et chasser.

Y A-T-IL DES ORQUES EN CAPTIVITÉ ?

Depuis 1961, au moins 156 orques ont été capturées et il y a actuellement 61 orques détenues en captivité (28 capturées plus 33 nées en captivité) dans au moins 14 parcs marins de 8 pays différents.

QUEL EST LE QUOTIDIEN DES ORQUES EN CAPTIVITÉ ?

Dans les parcs marins, les orques sont forcées de vivre dans de petits bassins avec des groupes sociaux artificiels. Leur taux de mortalité est 2,5 fois plus élevé, beaucoup deviennent agressives et développent des troubles psychologiques. Depuis le début des années 1970, il y a eu plus de 30 incidents impliquant des orques captives qui ont entraîné des blessures humaines ou la mort. Les orques captives ne peuvent pas parler notre langue, mais si elles pouvaient choisir, il est presque certain qu'elles préféreraient vivre dans l'océan. Pour plus de détails, nous vous recommandons de regarder le documentaire Blackfish paru en 2013 sur le thème des orques en captivité et le décès d'un entraîneur en 2010.

LÉGISLATION SUR LES DELPHINARIUMS
NOMBRE DE PARCS MARINS PAR PAYS:

Principaux pays hors-Europe en nombre de delphinariums :
Japon - 34
USA - 32
Mexique - 21
Chine - 9

Pays sans delphinarium :

- Legislation prohibitive
- Legislation restrictive
- Pas de legislation

Pays avec delphinariums

- Pas de legislation
- Legislation restrictive

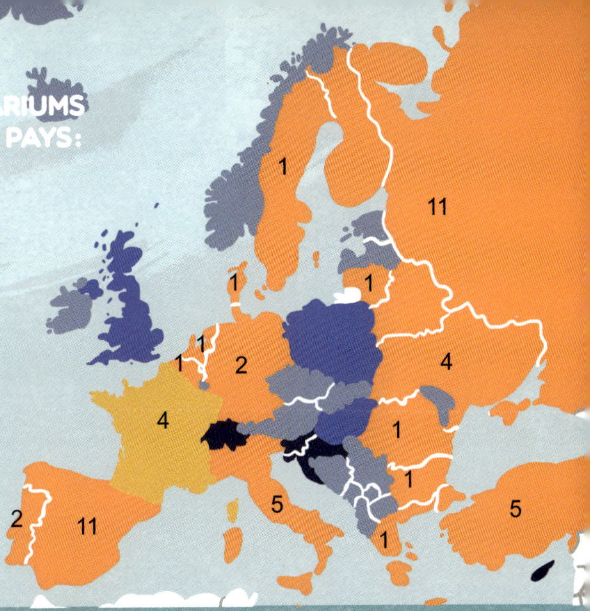

DERNIÈRE MINUTE :

Grâce à la mobilisation de nombreuses associations dont Sea Shepherd, la France a annoncé le 3 mai 2017 des mesures visant à la fin programmée des delphinariums. Le combat ne s'arrête pas là car les captures continuent et les parcs marins continuent à se développer sur les cinq continents. 17 pays d'Europe détiennent toujours des orques et dauphins en captivité et beaucoup d'entre eux n'ont aucune législation en place.

Cette page a été rédigée en partenariat avec Sea Shepherd, une organisation internationale à but non lucratif de conservation de la faune marine. La mission de Sea Shepherd est de mettre fin à la destruction de l'habitat et de l'abattage de la faune dans les océans du monde afin de conserver et protéger les écosystèmes et les espèces.

EL DESTINO DE LAS ORCAS EN CAUTIVIDAD

¿QUÉ ES UNA ORCA?

Las orcas o ballenas asesinas son la especie de delfín de mayor tamaño del mundo y uno de los depredadores más poderosos del planeta. Se alimentan de diferentes mamíferos del mar, como focas, leones marinos e, incluso, ballenas.

En libertad, nadan 200 kilómetros al día y utilizan la ecolocalización para comunicarse entre ellas.

¿HAY ORCAS EN CAUTIVERIO?

Desde 1961, al menos 156 ejemplares han sido capturados. Actualmente, quedan 61 en cautiverio (28 nacidos en el medio natural y otros 33 que nunca han conocido el mar).

¿CÓMO ES LA VIDA COTIDIANA DE LAS ORCAS EN CAUTIVIDAD?

Son forzadas a vivir en pequeños estanques, viéndose obligadas a relacionarse de forma artificial. En este medio, su tasa de mortalidad es 2,5 mayor que en la naturaleza. Una parte de ellas sufren trastornos psicológicos y se vuelven más agresivas. Desde principios de la década de 1970 se han producido más de 30 incidentes relacionados con orcas en cautividad. Los mismos, han desembocado en lesiones a personas e, incluso, en la muerte de algunas de ellas.

Estos mamíferos no saben hablar nuestro idioma, pero si pudieran elegir, casi seguro preferirían vivir en el océano.

Para una mayor información, te recomendamos ver el documental de 2013 sobre las orcas en cautividad y el fallecimiento de un entrenador. Fue un suceso ocurrido en 2010

DELFINARIOS Y LEGISLACIÓN
NÚMERO DE PARQUES MARINOS POR PAÍS:

Principales países fuera de Europa
en número de delfinarios:
Japón - 34
USA - 32
México - 21
China - 9

Países sin delfinario:

- Legislación prohibicionista
- Legislación restrictiva
- Ninguna ley

Países con delfinario:

- Ninguna ley
- Legislación restrictiva

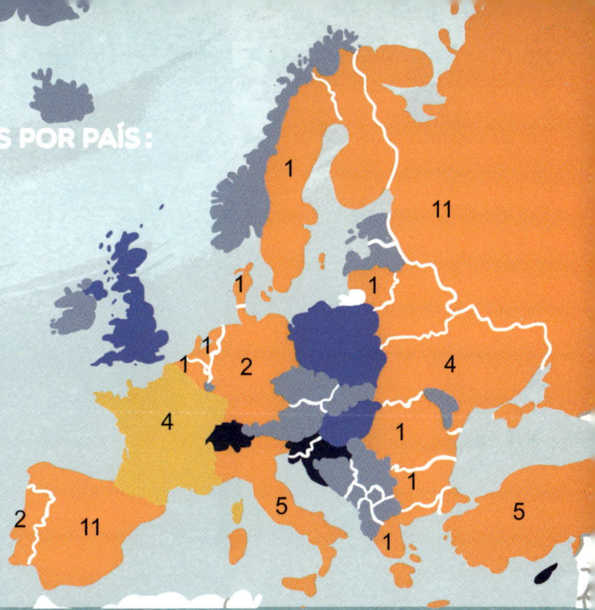

ÚLTIMAS NOTICIAS:

Gracias a los esfuerzos de numerosas asociaciones –entre ellas, Sea Shepherd–, Francia anunció el 3 de mayo de 2017 el cierre escalonado de los delfinarios. Pero la lucha no acaba aquí. Se continúan produciendo capturas y, cada año, se abren nuevos acuarios en los cinco continentes. En el caso europeo, un total de 17 países mantienen orcas y delfines en cautiverio. E, incluso, muchos de ellos no cuentan con legislación específica sobre este tema.

Esta información ha sido elaborada en colaboración con Sea Shepherd, una organización internacional sin ánimo de lucro que busca la conservación de la fauna marina. La misión de dicha organización es poner fin a la destrucción del hábitat y acabar con la masacre de los habitantes de los océanos del mundo. De esta forma, se desea conservar y proteger los ecosistemas y las especies.

Jarvin Crew
71 boulevard de la mer F-64700 Hendaye
&
111 rue des bains F-01220 Divonne-les-Bains

Scenario by | Scénario par | Guión realizado por Family Jarvin
Illustrations | by Illustrations par | Diseño e ilustraciones por Tristan Jaudeau
Translated in English by Sarah Cumberland («European Commission» English style)
Traducido al castellano por Julio Martínez García

Printed in France on PEFC certified paper with vegetable-based ink by Book Spirit.
Registered trade mark by Imprimerie Chirat, labeled Imprim'Vert.
Imprimé en France sur du papier intérieur certifié PEFC avec des encres végétales par Book Spirit.
Marque déposée par l'Imprimerie Chirat, labellisée Imprim'Vert.
Impresión realizada en Francia en papel certificado por PEFC y con tintas vegetales respaldadas por Book Spirit. Libro registrado por Imprimerie Chirat y etiquetado como Imprim'Vert.

Imprimerie Chirat - Book Spirit
744 Rue de Sainte-Colombe 42540 Saint-Just-la-Pendue France

Tirage achevé en mai 2018
Loi n°49-956 du 16 juillet 1949 sur les publications destinées à la jeunesse, modifée par la loi n°2011-525 du 17 mai 2011
Dépôt légal : octobre 2017